有的路与有什么求

作者 张志军

团结出版社

图书在版编目(CIP)数据

有的路与有什么求 / 张志军著. ——北京:团结出版社,2018.3

ISBN 978 - 7 - 5126 - 6152 - 3

Ⅰ. ①有… Ⅱ. ①张… Ⅲ. ①诗集 – 中国 – 当代 Ⅳ. ①I227

中国版本图书馆 CIP 数据核字(2018)第 039318 号

出　　　版:团结出版社

　　　　　　(北京市东城区东皇城根南街 84 号　邮编:100006)

电　　　话:(010)65228880　65244790

网　　　址:http://www.tjpress.com

E – mail:zb65244790@vip.163.com

经　　　销:全国新华书店

印　　　刷:南通超力彩色印刷有限公司

开　　　本:170mm×230mm　　1/16

印　　　张:14.3

字　　　数:192 千字

版　　　次:2018 年 3 月　第 1 版

印　　　次:2020 年 6 月　第 2 次印刷

书　　　号:978 - 7 - 5126 - 6152 - 3

定　　　价:52.00 元

目　录

第一章

如歌的行板

路 灯

张志军 ● 著

等亲人
朋友对我说起来
你要我靠着这个小路灯
朋友说
我们幸福地照着
每一个晚归的路人
晚归的人也就顺手
也就顺便把光芒带回了家
我们幸福地照着
每一个晚归的路人
等亲人吧
每一个路人都这样对我说
真的

网

佛手上的蜘蛛网
随风飘
和窗前的那一张
是一样的
蜘蛛是朋友
佛手上是
佛手上都是

弥 勒 佛

张志军 ● 著

笑
根本没停止过
你们听到过没有
肯定是
回去这样
不要问我话

回 故 乡

哥哥嫂嫂给我的钱
我用完了
怎么办呢
请为我来一趟
说说清楚
哥哥亲切地说起来
花开在路边
你没有功劳
你浇过水吗
人没有合理的
故乡
你回来也没有用
哥哥嫂嫂给我的钱
我用完
怎么办
心里凉了

生　活 ●一

生活是树木
难单独去栽种树木
生活是一地的树叶
很可能难数清
生活就是不明白
真实生活的本质意义
朋友
你热爱不热爱生活呢
说说吧
我听听你的生活是什么样的

张志军 ● 著

诗人的墓碑

这里是墓地
还葬着他不写的诗
还把它当宝贝吗
一首要命的诗歌
一个墓碑
不会要
所有诗人的长笔

故乡的河

张志军 ● 著

幼年时
你把脚伸进河里
究竟想怎样折腾
少年时
你用刚学会的文字描写它
作文在手
离家时
你把泪水撒在了她的胸怀
难舍
如今
你提起了笔
你是最棒的作者吗
是的
确实是的

诗一

诗人是
写错了以后不摇头
不会再错了
不会
不会写那几个神仙老道
尼姑和其他
别让他们不来诗里
折腾我
来吧
来诗里折腾我
你
某人

思 念

诗人的墓葬偏远
偏远得很
草茂密而且荆棘更多
更密集
雨天到这里走
就会更累
累许多
但
这是思念
实实在在的思念
是实实在在的思念

张志军 ● 著

你的目光

草很矮
密又密的
我不小心
把笔忘在草地间了
我目光垂在地上
去寻找文字的父亲
或者文字的母亲
还有文字的好邻居
大自然的画作

小 园

张志军 ● 著

小路深远
非常幽静
两边的竹林
更加深又密
前门
走前门
请君坐下吧
在小园里
请喝一杯苦丁茶
或是舍

树

寺前的葡萄树
结满了果实
看吧
这时它才成为葡萄树
秋天的树老了
许多年轮
是用秋天画或不是

自 画 像

张志军 ● 著

那这个故事
讲得是什么内容
乃是诗人的自画像
在表述
从书里的生活
联系到自然的
诗人说
你坐在了画里画外
因为你
是诗人抑或是最好的人

对待生活

我真的来了
不骗你
我要离开
但同时又哪儿也不去
我就是屏蔽着生活
像过去一样
朋友
不着急地看生活
而
写你生活的不纯粹
是诗人的语言
还有不是诗人的语言和责备
是鞭

芳草园

张志军 ● 著

花儿
花的
草丛
衰草
花草树木
奇怪地不长在芳草园
有这种印象的
是我们这些游客

看门人

推荐你
你接替难受
广场舞是暗色的
暗色占据那
占据门的广场舞
与人跳广场舞的人

谈

张志军 ● 著

疼画
疼自己
拼凑路费
离开自己
路上
拼拼凑凑跟上了诗人
与你们
谈了那个无聊时光

紫的语言

照过
酱紫色的水面
紫色有紫色的故事要说
要用语言
来描述紫色故乡
紫色的语言
对这诗不利

诗 歌一

诗歌
用心看
不走
但目前的情况
这条路过来
你看这眼神迷离
很像诗歌保存起来的小茶馆

张志军 ● 著

故乡的路

路
是乡愁记错的路
路
充满着
熟悉与不熟悉的路
路上
石子怎么就钻进
我们的鞋子
疼痛与路途
同样的长
而且新旧都还有的

深　秋

地里冷得可以啊
可以
拼命把枯草拔起来
生起火来
烤火了
在深秋烤火
别来吧

张志军 ● 著

梦一

不享受这些
可以吗
享受烈火真心
享受诗歌与梦想
享受月色与我的融合

路一

诗人的墓碑上
刻着字
还有路
嗯 朋友
你这个已经死去的作者
作家朋友的弟弟

张志军 ● 著

诗　人（一）

亭亭玉树的忧愁
苦闷
依偎诗人
最难得的
风采依旧吗
朋友
我在寻找
寻找你的失败足迹
深浅不一样吧

丝　瓜

避免以上都是这些
寺庙里的丝瓜
没熟透
还是生的
是生的丝瓜和死去的气息
真正的

张志军 ● 著

小 草一

小草
周围的景致
别问了
大树还能怎样和你比
它很高大
你只有和自己
比到心情差极了

背　影

张志军 ● 著

不一起
不管
那最后离开的背影呢
是你吗
不是你吗
不是背影
不是我

寺 庙

走进寺庙
我们走进大雄宝殿看看
走进小雄宝殿坐了坐
走进厢房读书
走进尘埃
落落大方的样子
坐近荷花池
自己的影子
看见难看的人
跌入泪中
跌入沉重的梦境里

生　活（二）

张志军 ● 著

更加懊恼
不算数
更加成功
也不算数
路途与当下最迫切
最重要的
当下才算什么

游 人

游人前面
我与你的后面
左边
什么左边
游人是没有什么叶子
可采摘

小 草㈡

从前的世界
握手
岂敢岂敢
影与梦
安静下来不走
根在地下
草在地上
也抓紧另外的草茎

张志军 ● 著

朦　胧

没有错误
但有失误
哪个诗人没有错误
那是属于朦胧的正确与错误
朦胧的错误不是相同的

诗 歌 论

张志军 ● 著

不识回头路
是真正的好诗歌
不该回头也是诗歌
那么不愿意回头
算不算纯粹的诗歌呢
诗歌又是什么
是心灵在哭泣
在吗
诗人

论 棋

你暂时不理解
可以吗
你
说吧
说我的不好
说优点
说自己家的猫
小猫咬我

诗的过程

张志军 ● 著

你垂目四望
看吧
希望自己含羞待放
让人感到落落大方
无所事事
这是颓废的样儿
这是诗的创作

诗的思考

你也许不爱惜
不停留
但
你顾虑很多
不愿意倾诉给你
不愿意倾诉给我
保留着诗的思考
不正确的模拟考试

秋　阳

张志军 ● 著

晚霞在山风的挟持下
卷着落叶掀起我的思念
抚摸着我那滚烫的额头
今夜的月亮
我想不会太凄凉
这山谷里的晚霞实在太美
沿着弯曲的山麓
踢飞那火红的枫叶
忽然想起了你
那异乡的你
是否也会有一丝余晖
透过枝繁叶盛的梧桐
洒在窗边的你
夜深了
你是否还会把我
再次的等待
变成你成熟的诗歌

野　花

你不是
一盆长在温室里的百合
供人欣赏
你也不是
繁星夜晚的昙花
令人回味无穷
你
只是一朵
长在石缝里的野花
在冷清的夜晚
悄悄开放
一个观赏的人也没有
只有那落泪的雨水
陪伴你到天明
花瓣渐渐张开
又渐渐凋落
飘摇在空荡的山谷里
任风飞扬

鲜红渐渐苍白
然而
你不甘心
即使成了光秃秃的枝丫
你还是
顽强地生长
等待明年的某一天
在开放的时候
恰逢游人的光顾

张志军 ● 著

山 风

风儿告诉我
你从那个方向吹来
又从另个方向吹去
在山顶
感受阳光与你的沐浴洗礼
可是你
在阳光的照耀下
连个影子也没有
你轻轻地抚摸着我的心灵
给我力量
也给我自信
你告诉我
做人要有原则　虚虚实实
虚中有实
还是实中有虚
但不能披着邪恶的外衣
出现在别人的面前

第二章

天籁的�“和”

张志军 ● 著

诗　歌（二）

我把它们
都塞在信封里
快递给诗人
你写得什么
这么长
切莫投递给我的邻居
她不知道我是读诗的
不知道是诗歌还是民歌
吸引着我

突　然

突然有一天
我想起了你们
无论你是布衣
还是另外一个布衣
无论你是有钱
还是更有钱
我不管那么多
我那天好像
生活在走的日子里

张志军 ● 著

游　客

古寺前
你心潮一定是澎湃着
幽静
你随便看看
并且你走上去
门虚掩着
你推开了门
有人迎了过来
门推开
生活从此怎么样
从此怎么样
你过去了

冬 日

冬风有些厉害多了
不是
嗯
人们把大衣裹紧了又紧啊
呼出的热气凝成了霜粒
看吧
看看
冬日来
是棉衣的旺季吗

张志军 ● 著

春 天

我在等待一鞭子抽我
让我记住春天
鞭子就是
描写春天的诗歌语言
真正的语言是春天的
真正的语言确实是春天的
你看吧
春天的语言

无名诗人的碑文

有人这样说
有人那样说
有人不说什么话
不说什么
坚决与草不说话

张志军 ● 著

你 没 事

就是在普贤寺
晚一点也没有事
关你什么事
秋天里的
在普贤寺所写的
荒诞不经的诗

寺 竹

张志军 ● 著

寺竹茂密
高了 高了
高了许多小节的
寺竹又高了一节一节的
竹根部有泥

阆 桥 梦

我基本上
来过
我基本上
看过
我基本上
成天坐过
阆桥啊
真正你的青春足迹

风　景

普贤寺
在风景区
普贤寺
你看他吧
他过来看
这风景确实好的

张志军 ● 著

旧　桥

重新来到树林
立住后
深呼吸一口空气
走向尖桥
成为桥上的人吗
这是旧桥
新的水

书一

你用手指指向那里
那里有字
音符 色彩和其他
你用手指指向心
真是的
这是一本很厚的书
很重

张志军 ● 著

花　丛

你走过花丛间
向远方
身影朦胧
模糊极了
你对我说
我理解你们
在你身边
看着你
关心你

去 祈 祷

张志军 ● 著

竹

小道

寺门

众人

香火

笑脸

祈祷声此起彼伏

门与门有缝隙

你看见

这一天

不知道我的见与不见

顺 风

故乡的味道
浓在哪里
浓在人情里
浓在返程
浓在一路顺风里
浓在这里吧
朋友们
顺利着

谈 人 生

张志军 ● 著

我不停地探索
人生的真谛
什么样的人生
才算完美
勤奋的人生
理当如此吧
而我
不停地探索人生和梦境

春 天

我哀怨这场初春的冷
将即将到来的诗意
埋没
只有
诗歌才能唤醒春天吧
躺下才能看春天

午　后

张志军 ● 著

笛儿
又在那里响起
偶尔
也有歌声传来
而我
为什么如此的安静呢
除了看书
在午后这段时光
没有下雨或者大雪

读　书

静静的温馨
我打开
一本厚厚的书
忘记哪页
我曾经读过的
并且崭新的
读过书
书却是很新

作 者

张志军 ● 著

沉沉的字迹
模糊的思想
被磨损的笔尖
依然发亮
朋友
继续写作
可怜的亲人啊

长　河

河流
是一种眼神
注视着
无限的时空
描写它的文字
狡黠夺人吗
长河
以呼啸来唤醒整座山
整个人

诗　歌㈢

天性指引我
向美的国度前进吧
用诗歌表达吧
这些你写的诗歌
天性指引我
去诗的国度里

张志军 ● 著

傍　晚

蓝色的傍晚
多么美
我的心
向你倾慕
别收走这傍晚吧
雨
这美的傍晚
非常抱怨

夜

黑夜像灯泡
照亮遥远的星星
照亮月亮
照亮目光
照亮烟灰里的小巷
因为
这是你与你的花篮

张志军 ● 著

秋

一叶拦秋
一叶不在路上
去哪里了
去哪里了
什么秋天
一叶拦住的
我的下一个叹息

无　题一

张志军 ● 著

我走到这里
下意识地
朝那里望了很久很久
那里是一座
年代很久很久的寺庙
那里僧众好多
从大门鱼贯而入
普贤寺的大门
众人的芳心
逐渐那花
笑了
风来了

这张脸

笑脸哭成来了松柏
执笔
忘记了结尾的符号与语气
依然
笑脸相迎不差的和蔼性

冬 日

张志军 ● 著

我穿过
冬天的天气
偶尔
我感冒了
树叶
都掉了
我捡起它
扔掉它
在冬日里
我无所思
望望你

无　题㈡

我走过你的草屋
你的窗户
打开着一半
插销是新的
窗户是旧的
谁移动了插销打开窗
却舍不得打开另一半呢
我走过你的草屋
写下什么

路㈡

朋友
你的路并不窄
因为你
这次走的新路
有人走过
他认为很宽吗
路遥知马力
首先来看路

张志军 ● 著

树 下

菩提树下
有多少人想着
还有多少人跟着
菩提树下的影子平凡
你也爱它

故乡的秋

张志军 ● 著

树叶我两片多
河流我一条多
诗歌就三句
故乡
最后一棵树
诗人歌颂树
没有了她

爱

我来了
在你的心里
破坏性地登堂入室
你对我的看法是矜持
不放心的
可能不是怀疑半点心
在你的嘲笑里
不要怀疑
不要随意
不要离开
因为这是爱
这是爱的破坏

竹　林

寺庙中有一片竹林
竹林茂密
也有很多蝉
确定看见蝉了
寺庙中有一片竹林
茂密
你喜欢

张志军 ● 著

懂

秋的树
秋的叶
秋的捡拾
秋的淡意源于懂你
秋的树
秋的叶
你的那抹眼泪

断　章

残破的
同样也是枯黄的树叶
不知是什么树上的
用了多长时间
变成残破了
问问的
残破的
同样也是枯黄的树叶
随风凋零

张志军 ● 著

抱　怨

寺门上
有灰尘
怪僧 怪佛
还是不怪你们俩呢
寺门上
有灰尘
有灰尘碍灰尘什么事

悟

我捡起树叶
放在桌上
心中有一丝感动
我说还有的不是感悟
是吗
我捡起叶
可惜地看着影子

张志军 ● 著

龙王庙

门栓　扫雪
人　水
事情
香火旺盛啊
门栓
门栓是榆木做的还是水做的

无　题 三

张志军 ● 著

我不得不向你祝贺

森林啊

茂盛异常啊

森林啊

伐木工能说这话吗

我不向你祝贺

美丽的森林

诗人的形象

那里有许多画像
很美
我问你
有你的
有我的
你喜欢写作
而我却未必
我知道你的诗
写得好极了
棒
阳光下的你
最美丽
也许你就是
那个诗歌的使者

诗人的墓前

张志军 ● 著

我要为你唱支歌
让所有的罪恶消失
看以后
看以后
诗人的墓碑
没有人怀念你
我要为你唱支歌
来怀念你

写

草　花
都不同凡响
只是草
只是花
你写哪个
它们都是好棒的
花草都不厌烦我

致 缪 斯

请接收晚风
而明天的雨后晴好
因为诗人坐在那里等待
写下诗吧
我的诗人朋友
洋洒的巨著里
有我们的思想
写下诗吧
歌唱吧
我的诗人朋友

张志军 ● 著

致 朋 友

山下有花朵
开放着
朋友
我寻路而望
春天里
山下有花朵儿
它开放着

窗 外 雨

张志军 ● 著

窗外雨
哪有你内心
来得猛烈
禅心更加深刻
不错的
窗外雨
雨下了
窗外雨

天空下那个身影

当萧瑟的秋风
吹落最后一片树叶的时候
当缠绵的丝雨
打湿所有记忆的时候
当寂寥的心在漫无边际的荒野上
放飞的时候
是否
想在生命的某一季节里
注入一丝新绿
在每一个渴求希望的日子里
心中的偶像如雾中沉浮的蜘蛛
不时地在心底爬上爬下
编织出一幅经纬不明的网
有时想象蝉蜕的知了
忘却所有的嘱咐和责任
任严厉的目光如秋风之威冷
肆意在枝头狂吟
虽然唱出了青春的亮色

却咏不出生命的壮丽
淡淡的身影
总是从心湖中升起
那颗年轻跳动的心
如麻的蚕丝缚住
虽然在搏动
却加上了负载
使近视的双眼变得黯然无光
灰色的日子随着那
淡淡的身影
飘然而至
留下满脸的无奈与失意
然而抹眼泪只是一时的冲动
随后在新的日子里
却又是欢欣异常

张志军 ● 著

小　河

弯弯曲曲的小河
在故乡的躯体里
左缠右绕
像一根根绳子
许多人
默默的一生
就被它
紧紧地束缚在河流里
停滞不前
也有不少人
则顺着河流
飞泻而下
流入宽广的大海长江
总是在风雨中奏响
一曲又一曲人生的乐章

和青春走在一起

张志军 ● 著

迈出门槛
告别童年
带着惊喜与向往
和青春走在一起
此时
会有一扇窗子
因你的欢笑而开启
一片草地
因你的美丽而翠绿
一首小诗
因你不经意间掀开往事
和青春走在一起
会拥有柔情的春天
开朗的夏日
朴实的秋日
刚强的冬天
把沉甸甸的希望
放进海蓝色的行囊

以鹰的姿势在搏击中收获飞翔
当血水与汗水染红年轮
太阳正从你步履落下的地方升起
和青春走在一起
会珍惜
珍惜那份清醇
那份诗意
珍惜流走了的往昔
更珍惜现在握紧的日子
和青春走在一起
生命多了份无与伦比的美丽

第三章

沉默

〔中国〕

张志军 ● 著

家 乡

我们来了
说好的语言呢
确实如此的美
而人们的大脑中
用的尽是家乡的语言

无　题㈣

张志军 ● 著

你匆匆来过
不能说完
太多不好
伤心
在这里写完没有
你的断笔呢

致无名诗人

诗人
你确定在将来很伟大
但
目前还要为名字忧虑不已
有字　有词
有断裂的笔和撕裂的纸
诗人
你确定在将来很伟大
诗人
你现在是无名的诗人

草　地

我走在路上
踩到小草
草只要不伤到
就是可以
我在草地被草伤

张志军 ● 著

致 朋 友

我经过寺庙
去往果园里
不小心碰到枯枝
枯枝被我碰成了两半
不像样的树枝
我经过你的词典里

花

花开了
你在干吗
坐在这里干吗
你能有爱心吗
把你摘花的手放开
花开
你在我的身边

张志军 ● 著

用了花的语言

我来了
不说陈词
用了花的语言
我再芬芳的海面上
把陈词滥调
把这个
把那个

请为我唱两首歌

张志军 ● 著

请为我唱两首歌
一首给夜色
一首我要珍藏
永远纪念
两首绝对好的

一根枯枝

普贤寺
为信徒们打开了门
里面是一条崎岖的小路
一根枯枝
掉在地上
谁捡
谁与谁
你碰到谁

寺旁果园

无名寺前经过
我只是
去地里采摘
有求于这片果园
谁看见圆珠笔在哪儿
在果园里找不到

张志军 ● 著

牡　丹

牡丹乃花中桂冠
美丽而清香
如果
你把它拿在手上把玩
世上所有的人都会心疼
也许你的手
也不舒服吧

走　路

张志军 ● 著

我在普贤寺
小路两旁
尽皆泡桐苗
刚栽的
有时却也碰到
一两根断竹横在路中央
反而使人
不知所以然了
呵呵

荷　花

荷花池里盛开一朵荷花
它优雅而美丽
我伸手碰了碰花的花瓣
湿了手
花摇动
随即传来芳香
香味清雅
适可而止吧
我们的生命啊
看看吧

春 天

张志军 ● 著

万物
在复苏过程之中
我来到广玉兰跟前
用鼻子嗅
一股清香涌来
诗人重新把自己
比作春天影子

鲜　花

从树荫旁
经过的你啊
手持鲜花一捧
你称赞着春天的美丽
从树荫旁
经过的你我
绝不退缩

参　拜

张志军●著

来到山上
眺望山下的寺庙
香火盛得很
我信步朝山下走去
没有泥
没有庙
也没有我

十六岁

十六岁
花季的年龄
像花儿一样绽放出
青春的光芒
十六岁
如画的年龄
像那深山的瀑布
迸出一道又一道亮丽的风景
十六岁
如诗的年龄
那炽烈火热的情感
就像罗密欧与朱丽叶
躺在神圣的殿堂里一样
十六岁
是走向成熟的年龄
不再躺在母亲的怀抱里撒娇
而是一个自强自立的朝气青年
十六岁

多一份沉着
多一份冷静
十六岁
是人人必经的年龄
也是人生转折的一个关键点
我们能做的只有
掌握好人生的方向
为我们走向成功的彼岸
搭一座桥梁
朋友
我们还在等待什么
不要错过这美好的年龄
携手绘出那道最美的风景线吧

总以为自己是无声的

像那片青草
有阳光灿烂
有鱼的轻柔
春天的渴望
总以为自己是沧海一粟
漂流在人海之中
有沸腾的生活
也有伤心和失败
其实一切都是朦胧
健壮的肩膀为渴望已久的豪情
奋击汹涌的波浪
铿锵的步伐
将永无终止地
踏着永恒的主题
不愿再回首
生命注定生活没有港口
将不断展示人生的海洋
好蓝好蓝……

父　亲

张志军 ● 著

父亲的脸
早已皱纹纵横交错
记载了无数辛酸的风霜雨雪
遇风流泪的双眼
尽管不能目击远处的黑暗
却像把犀利的剑
为我劈开
重重阴云密布
父亲的腰
渐渐地弯了
像失去弹性的弓
但他
却用那智慧勤劳的双手
头顶天脚踩地
续写着壮丽的人生
父亲
永远停止呼吸的那天
还是没有倒下

依然

笔直地倚在轮椅上

那没有拢上的嘴

似乎告诉我

人活着

就不要轻易倒下

哪怕还有一口气

踩响未来的日子

张志军 ● 著

世界是一本大而繁杂的
百科全书
人生是一曲旋律悠扬
不乏抒情的交响曲
每一个日子都是一面最真实的镜子
每一个日子都可以写满拼搏和奋进
美丽和温馨
珍惜每个日子
踩响一串未来的日子吧
拥有青春的你
已经懂得珍惜

等　待一

圆月之夜
折叠许多纸船
载着我的心愿与祝福
让世俗的流水
漂流给远方的你
一个十七八岁的女孩
会痴痴地坐在河畔
折叠纸船到天明
也是枫叶凋零的时季里
用无数的夜晚和思恋
做了一双精致美丽的鞋子
就像灰姑娘的水晶玻璃鞋
将她带到王子的身边
助你追求自己的梦想
为你
我宁愿一个人坐在那里
延续到天明
满天的流星会将祝福

带到流星下落的地方
或许
在大海边
望着天上的流星
默默许愿
那一切都是为了你

张志军 ● 著

面 具

一副面具

总是让生活过得好累

生活

有如一个大舞台

我们总是扮演着不同角色

英雄小丑

白天鹅丑小鸭

总是在恍惚之间

成了最好的代言人

所谓的真与善

美与丑

似乎被灵魂净化

人间不再有虚伪

不再有狡黠

只有真诚以待

只因为那张

隐形的面具

紧紧裹着

我们为何
不撕开那副面具
真诚以待
或许
这样的生活
才是有滋有味的

张志军 ● 著

第四章

诗　人（二）

你是诗人
你害怕别人的怀疑
可是别怕
别害怕
人们越是猜忌
越是亲切
并且
笑你不是很亲切的样子

张志军 ● 著

菩 提

寺庙桌案上
一粒尘土
灰色的
我轻轻地拂去了
如同心里
有东西与母亲倾诉

光　辉

可以
让光辉更远一点吗
可以
离人间更近一点吗
可以
给你起另外一个名字吗
可以
换你写的大片竹林
大片雨林吗

张志军 ● 著

私　语

同荷花的私语
说出了心声
说全了
你我迟到
她到了
放开手

无名的花

用什么方式
后退一步
用什么方式
惩罚自己
在一个春天里

张志军 ● 著

田园诗情

沉睡的牲畜
主宰着沉睡
无声地低唱
漆黑的夜晚
是衰老的拐杖
而灯塔的手
握着繁星
照亮所有的脚印
踩在
谁与谁的脚印中间的繁星

焚书二

在我的书桌前
翻遍史书与楚辞
然后
合上书本
谁能
默默地对书典有所批评

张志军 ● 著

喝　茶

我在茶亭里
喝一杯水
水中的茶叶很少
也有些许菊花
正如一位诗人说
茶耗尽沉默
耗尽时间

钥　匙

我在普贤寺
捡到一串钥匙
找来找去
找不到失主
做什么事情也没有用
等吧
只有等待失主把那个弄丢

张志军 ● 著

闲

一杯茶
一个石桌
闲来无事
坐下
终于
享受了与阳光相伴的日子
读读书也好
与人闲聊也罢
对别人问个问题
或者是剩余的茶叶
或者靠着诗的什么

乡　愁

张志军 ● 著

乡愁就是一条小路
弯弯曲曲地
通向心灵深处
你只要
走在这条路上
就会莫名的欣喜
如果你从这条路返回
你真实地再现风景
给摩托车司机
递上一支烟
多次为他燃上

禅

你
带来一竹 一书
我
端来一烛 一薯
红薯熟了
是体面的会议上的老师

我的花园

我的花园在路边
远吗
要走过小溪
为什么呢
让花园走过小溪
变成小溪

张志军 ● 著

书　籍

书籍
是精神食粮
它代表着动力
方向和远方
一旦离开书本
就烦躁不安
浮躁能占领灵魂与肉体

路 与 你

张志军 ● 著

你
从小路慢慢走过去
看风景
是什么原因
两边风景
路不值得你来

命 名

我
想给这个菜地命名
没有好的
朋友们说
我枉费心机
但你们问什么

锁

一把锁
锁住了家门
它是人们说的将军
我用钥匙
把它打开
我仔细地看
它就是锁
是坏的

张志军 ● 著

菊　花

菊花开在秋天
败在冬天
可以
轻轻地问一下自己
喜不喜欢
安静
匆忙
不摘菊花
那有没有人
看护它一个冬天

花　园

张志军 ● 著

三株草
一棵树
一座亭
一池菩提水
未完成的木像旁
有几颗钉子
怎么样
快起来

僧　房

房里有笔和墨
经书
书柜
雕塑
一个盖子
还有那收据
那借条

黑 夜

今天
你对生命有所诠释
也许
还有微笑着的黑夜
大地不断向前伸展
一直想得到
帘子与黑熊的爪子

张志军 ● 著

我的稻草

你知道吗
我已经碎了
我已经累了
我曾经有父亲的语言
想春天娶她们进门呢

秋天的草原

张志军 ● 著

当然冷
我们不会坐在这里
被割出好的路
放在夏天
最好的语言
是宣布秋天到来
也有诗人们的牵挂
用宁静让我
做诗歌群管理

有 人 说

有人说
爱是树叶
有人说
爱是花朵
有人说
爱是果实
如果非要比喻的话
我说
爱来自于家人们

雨　滴

四天的雨滴
在哪里
被神秘成露珠
也有非常难受地
躺在了大地上
汇入大河
还汇入更小的河

张志军 ● 著

契丹的姑娘

同样是桥
难怪舟
却
辜负了一蓑斗笠
雨中
被俘获到南国的契丹姑娘

等　待(二)

哭得太久了
站在门外
不时地望
等待
还没有回家的人
那个人不可能回来了
我能控制自己
回去后细想

张志军 ● 著

五　祖

于历史中
在寺中等待
钟声响起
让我们伴尘埃起舞
皈依的话
随意
这儿有一些

他 乡

张志军 ● 著

他乡人
真的何必是谁
我
就算是在他乡
想闲下也蛮可怜

之 间

诗人和诗人之间的交流
就像春风及其春雨
但世界上
有种东西不交流
那是蓑坏了
这门外的修锁之人

诗㊁

张志军 ● 著

我看不懂的
一只小船驶来
你站在船头
你新梳的辫子
这是你
藏进岁月的征途
但是
我知道淡淡的

因为寂寞

因为寂寞

学会了隐藏

因为寂寞

学会了放弃

也因为寂寞

学会了用那乞求温情的双手

去抚平心底深处

那脆弱的伤口

总是在下雨的日子里

伤口的痛勾起了千愁万绪

让我寂寞起来

其实

人生是伴随寂寞而来

又伴随寂寞而去

何必要将这与生俱来的

当作一个借口

去放弃自己的理想与追求

大树

不因为孤零零傲立在山
头而寂寞
因为有山风为它
唱起古老的山歌
孤雁不因孤翔
而落寞
因为它的长空临风
而舒展了宽阔的心胸与拼搏
而
我们有什么理由
去垂顾寂寞
就让它深埋在心里
走出狭窄的心胸
那
宽阔的世界
便是你驰骋的天空

张志军 ● 著

孤独的时候

孤独的时候
倚在阳台上看纷飞的雪花
飘落在低洼的水沟里融化
孤独的时候
一个人在无垠的海边
看日出日落
孤独的时候
可以任凭自己的思绪像蜘蛛网一样
网结了整个沸腾的心情
孤独的时候
怀抱一本书
在古老的森林里
寻觅一处幽静
孤独的时候
可以……
而我们就是在孤独中
走向成熟

追寻你到天涯海角

张志军 ● 著

风儿说
你是我最好的港湾
雨儿说
你是我最终汇聚的归宿
鸟儿却说
你是我最温暖的巢穴
可是
陌生的城市啊
陌生的面孔
总是在匆忙的人群里
擦肩而过
如此的无奈
又是如此的无助
冥冥之中
流浪的你
却牵引着我流浪的足迹
追寻你到天涯海角

爱是什么

有人说
爱是一种付出
也是一种幸福
有人说
爱是一种等待
在寂寞的岁月里
相互依靠的唯一
其实
爱不仅是付出和等待
爱
更是一种创作
她是一种最不受约束的力量
创造出生命的真谛

梦二

季节的风
不会在寂寞的日子里
停下远去的脚步
缠绵的梦
也不会因为你的挽留
而消失
离去的你
总是在写满思念的日子里
停留
将我的思念化为星影点点
在黑夜　黎明
闪耀在眉间的梦境中

张志军 ● 著

留住花季

墙上的日历
被时间撕毁
一页页
一月月
生命的年轮越来越多
愈圈愈密
天真无邪的童年
如闪电般一瞬即逝
留下一丝甜蜜
一丝美好的回忆与眷眷的依恋
迈着自信自豪的步伐
跨过花季的年代
进入人生最绚烂的日子
才感觉肩上的担子是那么的沉重
心底是那么的沉重
花季
是花一般的艳丽
水一般的甜美

诗一般的清新
梦一般的旖旎
对生命的花季的期盼与渴望
渐渐淹没在无端的悲哀中
总希望自己好好地生活下去
去好好地爱身边的每一个人
去接受每一个人给予的爱
总是想挽留住时间
留住我们的花季
让虚度的日子
重新鲜花芬芳
但
飘零的日子
有如那已落入泥泞的枯叶
生命不再重来
感怀飘零的日子
感怀原来的我
相信花季的温情会为我
捎来一缕浓郁的芬芳
为我开垦一块希望的土地
只是花季不会再来

张志军 ● 著

静 待

拖着沉沉的步子
回首那
渐行渐远的列车
无奈中伴随着汽笛声
将那离别悄然带走
总以为
会从此感到一身轻松
然而
却在每个黄昏的时候
心情深处
凝聚了一份沉重的心情
静待

接纳雨季

张志军 ● 著

这样的雨季
让人烦恼
绵绵细雨下个不停
这样的雨季
想做的事情实在太少
灰蒙蒙的天空
灰蒙蒙的心绪
让整个世界都变得烦闷而忧郁
这样的雨季
去读一些关于雨天的文章
心情总是压抑烦躁
易勾起往日的回忆
于是
我开始讨厌雨季
但
随着岁月的流逝
在经历了无数个雨季后
我不得不承认

雨季是短暂的
阳光和希望总是长久的
尽管
我不喜欢雨季
但是
在我生命和心灵的历程中
却不可避免
这样许多阴郁的雨季
踩过这样泥泞的路
然后
才能是铺满阳光
铺满鲜花的行程
正因为
有了这样缠绵的雨季
才让阳光沐浴的你
幸福而又喜悦
雨季
来吧
我虽不喜欢
但我还会去接纳你

年轻的感觉真好

挥别嬉戏的童年
迈入青春的行列
自己不再渺小
年轻的感觉真好
是啊
当你看见枫树上
最后一片颤抖的枯叶
当你看到草地上
最后一滴晨露
当你想起夏日
最后绽放的玫瑰
和那掠过长城山谷的孤雁
总是感叹风花雪月
世态炎凉
然而
年轻的感觉
并不只是雨般的惆怅
和雾般的迷惘

张志军 ● 著

164

天边出现第一抹朝霞

海上扬起第一叶白帆

春季里第一朵花

生日宴会上第一声祝福

都会让你心中生发

无限的涟漪和激情

年轻的季节里

学会编织美丽的梦

用那丝丝缕缕的情感

织就一方天空

年轻的季节里

喜欢把故事

写入厚厚的日记

记下怦然心动的瞬间

年轻的季节里

总是在寻找一个属于自己的天空

在没有人打扰的地方

去看日出日落

看沧海浮云

听鸟兽虫鸣

让自然拂去心灵的尘寰

年轻的季节里

最怕人说不够成熟

总是装作老于世故
却在那清澈的眼泉里
流露出天真
年轻的季节里
总去摘那充满诱惑的青果
想象它的滋味
究竟是苦涩还是甜蜜
年轻的时候有太多的梦想
年轻的时候有太多的执着
年轻的感觉
似原始森林的熊熊之火热烈豪放
年轻的感觉
似雾中的大海壮阔迷茫
年轻的感觉
似高山急泻的飞瀑势不可挡
年轻的感觉
又像黑夜里流浪的孩子
总是在不经意间
迷失了方向
年轻的感觉真好

张志军 ● 著

第五章

故旧的画

古　街

古老的石头
铺成了街
光滑发亮
照亮尽头
尽头没有铜色铁门
没有古老的街

张志军 ● 著

屋后的刘陈河

弯弯曲曲
水花生太多
船夫使最大的劲
用劲

银 杏

张志军 ● 著

秋风
刮落所有的银杏叶子
把大地变成了金黄色
诗人
歌颂金黄色的摊位

张 家 桥

两条木板而已
黑青色的
小时候太怕你
怕你是下一辈子

我 的 心

张志军 ● 著

我的心
是这样的脆弱
无法承载
故乡的厚重
无法承载
未来的你
无法承载
确实无法承载

残　雪

残雪
是透明的
堆在心的一旁
是堆在你我的旁边

阴 影

张志军 ● 著

田野
与蓝色的树林
裹挟着诗意
想戳破
没有糊纸的乡村梦

远　离

远离足迹
远离这杯酒
远离自己的文章
远离是非

人生随想

生命
是多么的短暂
一个人的一生
也只不过是瞬间而已
毕竟
不是恒星
其实
做一颗流星也不错
至少能辉煌
瞬间消失
有时候
总是恨时间走得太慢
这是过于悲哀
何苦要沉浸在悲哀中
人生如此短暂
悲哀就是早逝
来到这个世界
应该感到幸运

张志军 ● 著

要相信辉煌是一种奋斗
是一种快乐
要制定一个远大的目标
开足马力
走出一片辉煌
人生的道路崎岖坎坷
失败随时出现
只要乐观和自信
相信成功就在眼前

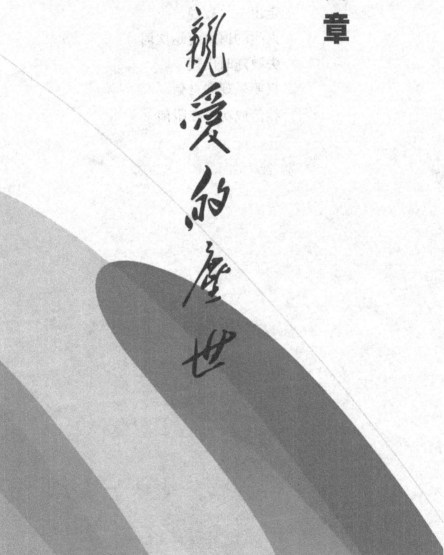

第六章

亲爱的尘世

张志军 ● 著

老　师

总是这样的时候
窗前发出昏暗的烛光
清晨的启明星
遥远而又亲近
烛光下
头发花白的老师
戴着老花眼镜
一笔一笔地写着
生命的乐章
有人说
老师像蚕一样
至死
还要吐出最后的丝

信

写一封信
不把母亲的眼睛
开始退光
线穿不进针孔的事情
写进去
也不会告诉你
有关针线标准

张志军 ● 著

水 井

井旁
一只坏桶
另一只坏水桶
还有谁的亲戚
在维修着水桶
还有你

桂 花 树

张志军 ● 著

一棵桂花树
长在心间
其实长在田间
最矮的
最壮的树

问　询

我
问询路人
我
问询亲朋好友
我
问询最爱你的人
我
问询恨之几年的朋友

分　手

你
别忘了我
在每一个深秋
你知道我存在着
存在着

张志军 ● 著

擦　干

只有
擦干含泪的眼睛
才能
昂首前进
才能到达这里
到达那里的春天

自　由

自由的天空
自由地飞翔
自由地
认真地
把你笑在当下

张志军 ● 著

纪 念 册

像孤独的书签
躺在书里
像另一本纪念册
像另一群人
在彷徨啊彷徨

别 求 我

张志军 ● 著

别求我
把诗歌赠予
别求我
从此熄灭
别求我
追寻过你的青春吧

第七章

延伸

酒 与 诗

张志军 ● 著

羊肉
被人端走了
烟酒在桌上闲着
放置
还有用来擦眼泪的毛巾
还有酒桌
还有你们
还有酒

古　道

你来了
问我
你是哪个农人
迅速地把阳光
误投进肺与口腔

夕 阳

夕阳刺穿浓云
向远方退去
向山那边退去
你务必改造自己

张志军 ● 著

古　剑

哀怨聚起
像牧笛忧郁
那是
一条活着的路啊
路啊

心

我摘下一颗心
把它放在草地
尽享芬芳的庭园
与阳光沐浴

张志军 ● 著

独　白

说什么
不说什么
错误
我懂
我不懂你说什么

一路走好

张志军 ● 著

是不是
老天爷也感动了
一直艳阳的天气
就在你们快要离开的时候
下起了淅淅沥沥的雨
是的
老天在哭泣
而我也在哭泣
那是人生中最悲痛的一次伤离别
两年的朝夕相处
所有的恩怨
也就在这烦躁的季节里
让季节的风和离别的泪带走
止不住的泪水
像决了堤的潮水
渐渐淹没我的情感
想想那熟悉的身影
那唠叨的话语

还有那
一切似乎凝固了
成了我一生中最美丽的回忆
我无法
挽留你那离去的脚步
也无法让你永远
停留在我的身边
我能
也只能
双手合十为你许愿
为你祷告
同学们
一路走好
愿
好运永远伴随你们一生
也愿
你们幸福到永远
离别的脚步声
敲得我的心好沉又好痛
再多的话语也要搁浅
而我还是沉默吧
只有在沉默的时候
我会像老天爷一样

偷偷地哭泣
哭泣在长长的夜里
同学们
抹去眼角的泪
走出长长的雨林吧
我永远是
横放在你们
即将起航的舟尾的小楫
助你们远航
吹响离别的心曲
拉开理想的帆
驶向遥远的地方

张志军 ● 著

第八章

家居印象

多梦季节

多梦的季节里
总喜欢寻找一方乐土
躺在菩提树下
聆听燕子的呢喃
剪剪的春风
总在不停地书写着一首首
多梦季节的诗
梦总是浅浅的来
曾经梦中追逐烂漫豪情
也曾追逐童年的点点滴滴
梦中曾驾驶一艘小船
在大海中劈波斩浪
到达彼岸
曾在梦里徘徊思索人生
曾在梦的长河里
宣誓我的未来不是梦

张志军 ● 著

生日快乐

这是一个平凡而又普通的日子
但
对你来说
却显得格外重要
因为十八年前的今天
你来到这个世界
今天
没有鲜花与嘱咐
没有生日蛋糕与蜡烛
让我们一起等待
等待黑夜的到来
这样可以点起蜡烛般的繁星
让夏风　树枝　蟋蟀　蚊子
一起来为你唱生日快乐歌
这样的夜晚
是美丽的
让我留下来
陪你度过这样一个

平凡而又特殊的日子
就算没有朋友的祝福
亲人的嘱咐
至少还有我
除了为你
还会静静地伫立在你的身旁
然后为你
合十许愿
祝你生日快乐
同时为你写首诗歌
作为我送给你的生日礼物
送给亲爱的你
生日快乐

张志军 ● 著

仲夏之夜

不知何故
总喜欢抱着那把破碎的吉他
弹奏着"仲夏之梦"的歌
尽管
那悠悠扬扬的琴声
令人不寒而栗
但那曲名
却给我梦幻而又似梦似雾的感觉
熟悉而又陌生
遥远而又近前
还记得那个炎热的夏季
流浪的季风
将我们撵到海边
那一望无际的浩瀚大海
给人以至高的乐趣和享受
金黄的阳光
洒在干净的海面上
有如一幅上等的油画

光彩耀眼夺目

变幻莫测的自然奇景

令人流连忘返

你看

那波涛汹涌的巨浪

夹着一朵朵雪白的浪花

有如一头咆哮的狮子

正扑击一只弱小的羔羊

那凌厉的攻势

与一声声的长啸

自远方伴随着雷声般的轰鸣

一路狂奔而来

由远而近

由一条白练渐渐

铺展成一片汪洋

令人不寒而栗

而又赞叹不已

当残阳西坠的时候

天空仍有一抹云彩

此时

海天交映

海底深处

渐渐地平静下来

张志军 ● 著

发出串串低吟的声音
大海啊
你在咏叹什么
望着那黝黑无垠的大海
想那银河的浩瀚
宇宙的奥秘
也想人生的目的
人类的归处
仲夏之夜
太美了

读你的信

读你的信
如置身于冰窖里
浑身凉透
读你的信
如春雷滚滚
花木皆醒
读你的信
如置身于炙热的夏季里
浑身的血液奔腾不息
读你的信
如秋日的落叶
孤独而又伤怀
总之读你的信
令人缠绵不已
而又欲罢不能

张志军 ● 著

离 愁

我真不知道我在干什么
我是否又犯了一个错误
我真不该告诉你
我一个人去孤守漫漫的长夜
你的到来
让我欣喜也让我忧
一直缠绵在我心头的事
总算安下心来
然而没想到
在你离去的时候
我头脑里却一片空白
说不出的一种失落感
说不出的一种依恋
至少在我不能拥有你的时候
多想去回味那曾经拥有的日子
总是用思念
堆积你的名字
或许除了想你还是想你

而我又能如何去
摆脱这千丝万缕
只能心烦意乱地盯着
发黄的天花板和那幽暗的灯光
仔细倾听那渐行渐远的脚步声
一步一步地踩碎我的心
当你出现在我的身边时
我总是默默无语
但我知道我的心在沉沦
在流血
因为我知道
我已经从你心中渐渐褪色
真后悔让你过来
我是不是又犯了一次可怕的错误
自己在煎熬着相思之苦
或许这是老天爷对我的惩罚
其实我早该得到报应
因为我必须
付出应有的代价
老天如此惩罚我
应是给我莫大的照顾
我还能有何怨言
此刻老天即使让我去死

张志军 ● 著

我也心甘情愿
我是一个易于感情用事的人
尽管爱情离我渐渐远去
尽管对我来说
已经不是意气风发
赶海弄潮的年轻人
尽管我已经失去青春的辉煌
可那颗向往童话
离奇得扑朔迷离
那种无根无底的浪漫感情
依然不减
我有我的追求
我有我的思念
我有我的渴求
我也有我的热恋
然而在你转身离去的时候
我的爱情还有几分
我又能怎样去捕捉
怎样去抓住那稍纵即逝的爱
这个年龄
谈爱似乎对我来说
有点太遥远
也有点不同寻常

可我又怎能摆脱
那颗放荡不羁的心
又怎能让激情的心去屈服
我依然等待
等待那天的到来
即使树叶凋落
相信冬去春回来
即使花丝裙远去
相信你还会回到我的怀抱
渐渐地离去的是情感
就像叮咚的源泉
却在一个说不出的日子里
也在我不该让你过来的日子里
干涸了
而我依然独行
或许
孤孤单单的一个人
残卷相伴
了此一生

张志军 ● 著

根

你被深深地埋着
与泥土为伴
然而
你不甘寂寞
绿叶是你的创作
花朵是你的杰作
果实是你的结晶
哦
原来你是如此的平凡
却又是如此的伟大

坚　守

张志军 ● 著

载着千万人民的深情
怀着善良的心
告别城市的辉煌
走进被遗弃了的村庄
成为开天辟地的拓荒者
灵魂师呀
难道你们
就不想家吗
就不思念亲人吗
一年四季
别人总是围在篝火旁
而你却只能
对月异思
面对着
腾飞起来的村庄
你悄悄地
对冬草夏虫说
我是长在山里的蒲公英

从远方带着万人的寄托
被衔到这里
便在这里生根发芽
不求索取
不求回报
只做一个实在的根
永远
永远扎在这块土地上

遗弃的村庄

张志军 ● 著

山路斜插着的每块石头
都刻下了沧桑的岁月
沿着历史的小溪
依稀可辨的深潭
丛林黑夜里啼的斑鸠
牛儿的鼻息
熟悉的古井仍在不断低吟
乡亲的吆喝　叹息
故乡的民谣
油灯如水的年夜
如星星般在跋涉的行进中散落
满身银装的松树下
有捋须遥着
有婴儿啼哭
驼背光脚
把麻袋当书包
踩着童话的步子
踏上盘山的羊肠小道

乡邻病逝的绝吟

山妹出嫁的迷惘

光棍傻愣的愚昧

一群群像乞丐般

踩着污黑的小路挨家挨户地叩门

学校里断续的读书声

直至

拓荒者由北向南

由城市走进这个被遗弃的山庄时

才将油灯变为照明

几根萌发的电视天线

将祖国改革教育之风吹遍整个村庄

晨　梦

张志军 ● 著

月华如练的夜晚

你驾着弯弯的月牙船

驶进了我平静的心湖

激起串串涟漪

洁白如雪

善良如白鸽的姑娘呀

为什么美得如此令人心碎

为什么纯得如此触目心惊

像月宫中的嫦娥

蒙上层层轻纱

缥缈而来

侵袭我整个心

摇动着那爱情的双桨

缓缓而行

临窗凭栏

借那朦胧的月色

看依稀的杨柳

摇曳着少女的风韵

轻盈的你
却在用那无音难吐的月光
在轻轻地抚摸着我的全身
多想枕着你
度过串串宁静的日子
用笔蘸着玉兰花的芳香
去谱写
黑黑白白钢琴键上
流淌着的梦幻
可是
天已渐亮
来往的车辆
已打破了我沉寂的梦

心 在 飞

张志军 ● 著

我不知道

是等待已久

还是关闭太久

感情的闸门

一旦打开

就像跨了堤的潮水

激扬迸发

或许

生命中

没有什么

比这爱情的宣誓

更磅礴与气势

再也找不到什么词汇

来形容这千古长恨的热恋

小鸟佳人

所有的一切都回归到寂静的黑夜中

似乎只有那几颗调皮的星星

眨着羡慕的眼光

在垂窥我们的爱情
夜色笼罩了整个村庄
也笼罩了你和我
一根光缆却不知不觉地
将两颗跳动等待的心
拴到一起
在无人的夜晚
任随狂风飞舞
却燃起一团又一团圣火
或许
那琴弦上迸出来的是歌
是那万籁俱静中耀出的流星所划过的印痕
无声又无迹
然而
又有谁能阻止
此时此刻的
心
因为
她在飞扬